Piccola biblioteca di scienza / 23

diretta da Elena Ioli

Valérie Masson-Delmotte è ricercatrice presso il laboratorio di ricerche sul clima e l'ambiente del CEA, a Parigi. Si occupa di studiare i cambiamenti climatici avvenuti nel passato attraverso l'analisi dei ghiacci polari e degli anelli presenti nel tronco degli alberi. Suo marito, **Marc Delmotte**, lavora presso lo stesso laboratorio e si occupa dell'analisi dei dati sui gas serra presenti nell'aria.

Charles Dutertre, dopo aver frequentato l'Istituto di Belle Arti di Cherbourg e Rennes, ha cominciato a lavorare come illustratore per diverse riviste e case editrici.

Le definizioni delle parole in grassetto si trovano nei riquadri « Lo sai?» o nel Glossario finale.

Titolo originale: *Atmosphère: quel effet de serre!*

Traduzione di Marcello Di Bari

Illustrazioni di Charles Dutertre. Grafica di Isabelle Dumontaux

Viale Luigi Jacobini 5, 70123 Bari
www.edizionidedalo.it

Valérie Masson-Delmotte
Marc Delmotte

edizioni Dedalo

L'atmosfera e l'effetto serra

illustrato da Charles Dutertre

PERSONAGGI

Carlo
Divertente e curioso, ama il mare
e tutte le creature acquatiche
Giulia
Cugina di Carlo, è vivace e attenta,
ama le piante e i fiori
Luigi
Il nonno di Giulia e Carlo è uno scienziato
in pensione con la passione
per il giardinaggio... e per i suoi nipoti

Il gran giorno è arrivato: cominciano finalmente le vacanze estive! Carlo non sta più nella pelle all'idea di rivedere sua cugina Giulia e di andare insieme a trascorrere l'estate da nonno Luigi. Le vacanze lì sono sempre bellissime: il nonno sa un sacco di cose e le spiega con pazienza e poi c'è quella vecchia rimessa piena di tesori in fondo al giardino che aspetta solo di essere esplorata. Per molti anni, infatti, il nonno ha lavorato come scienziato in un laboratorio di ricerca e durante quel periodo ha costruito tantissimi strumenti che adesso sono ammassati nella rimessa.

Carlo e Giulia si sono dati appuntamento in stazione alle 11 per prendere insieme il treno che li porterà dal nonno, ma Carlo è in pensiero: mancano 10 minuti alla partenza e di Giulia neanche l'ombra.

Eccole! Carlo vede sua cugina e sua zia entrare di corsa in stazione.

Carlo — Giulia, meno male che sei arrivata, il treno sta per partire!

Giulia — Ciao Carlo! Scusa, ma c'era un traffico pazzesco. Tutti partono per le vacanze in questi giorni!

Carlo — Sbrighiamoci, dai, altrimenti lo perdiamo!

I due ragazzi salutano in fretta e furia le loro mamme e salgono di corsa sul treno. Una volta partiti, cominciano subito a chiacchierare e Giulia racconta a suo cugino della festa che ha fatto per il suo dodicesimo compleanno. Visto che tutti sanno che a Giulia piacciono moltissimo le piante, i suoi amici le hanno regalato una bellissima orchidea. Carlo, che ha due anni in meno di sua cugina, ascolta con attenzione e poi le fa un mucchio di domande sulla sua classe e i suoi compagni.

Quando si hanno tante cose da raccontarsi, il tempo passa in fretta: i due ragazzi chiacchierano, mangiano un panino e guardano il paesaggio che scorre veloce davanti ai loro occhi... all'improvviso si accorgono però che è già arrivato il momento di scendere. Giulia si affaccia dal finestrino e comincia a far segno con la mano:

— Guarda, Carlo, il nonno è già in stazione che ci aspetta!

— Prendi la tua roba, invece di agitarti: dobbiamo scendere! A momenti perdevamo il treno all'andata, non voglio rischiare di perdere l'arrivo! la punzecchia ridendo Carlo.

I ragazzi scendono in fretta dal treno e corrono ad abbracciare il nonno.

Nonno — Eccovi, finalmente! Siete cresciuti tantissimo dall'ultima volta che vi ho visto.

— Eh sì, nonno! Anche grazie alle cose buone che ci hai dato da mangiare! Le fragole sono mature? domanda Giulia che va pazza per la frutta.

— Possiamo andare a pescare più tardi? chiede invece Carlo, che non ama stare fermo.

— Tu e la tua passione per il mare! lo prende in giro Giulia.

— Mi ero dimenticata che ti piacciono tanto i pesci e tutti quegli strani animaletti che si trovano sulla riva del mare!

Nonno — Con calma, ragazzi, non c'è fretta! Avrete tutto il tempo per dedicarvi alle vostre attività preferite.

Una volta a casa, Giulia e Carlo portano le borse nella loro stanza e poi raggiungono il nonno in giardino. Dallo spiazzo davanti alla casa possono vedere il mare, l'orto e

la rimessa in cui il nonno conserva un sacco di cose. Una grossa ciotola piena di fragole li aspetta sul tavolo e i ragazzi ne fanno subito una scorpacciata.

Poco dopo, mentre il nonno è nell'orto a raccogliere gli ortaggi per la cena, i ragazzi si allontanano dalla casa ed entrano di soppiatto nella rimessa dei misteri.

Di cosa è fatta l'aria?

All'interno della rimessa c'è poca luce ed è difficile capire cosa siano tutti quelli oggetti impolverati, ma gli occhi dei ragazzi si abituano pian piano all'oscurità. Carlo e Giulia si prendono per mano per farsi coraggio e cominciano ad avanzare. Un po' alla volta, scorgono davanti a loro un tavolo e delle mensole sulle quali sono ammassati tantissimi oggetti.
Carlo sussurra:
– Guarda! Deve essere il vecchio microscopio del nonno. Chissà se me lo lascerà usare... mi piacerebbe osservare i piccoli animali marini come il **plancton**...
Giulia lo interrompe:
– Guarda lì per terra! Cosa ci sarà in quella grossa valigia lucida? Un tesoro?
Carlo prende con cautela la valigia di metallo ed esce dalla rimessa seguito da sua cugina.
Una volta aperta, i ragazzi notano all'interno uno strano contenitore in vetro collegato con un tubo trasparente a una specie di pompa. Che cosa sarà mai quello strano marchingegno?
In quel momento arriva anche nonno Luigi con il suo cesto pieno di carote e patate.
– Ah, avete già cominciato a esplorare la rimessa, voi due! esclama il nonno sorridendo.

Carlo – Tu ci avevi detto che potevamo curiosare un po' senza rompere niente. Questa valigia poteva contenere un tesoro nascosto!

Nonno – Direi che è piuttosto strano come tesoro, non credete?

Giulia – In effetti... A cosa serve questo strano coso?

Nonno – Quello che state guardando è un apparecchio per prelevare dei campioni d'**aria**.

Carlo – Prendere l'aria?!?! A cosa serve? Guarda me: faccio un bel respiro, mi riempio i polmoni e così ho preso tutta l'aria che mi serve!

Nonno – Si tratta proprio di questo. Vedete, la pompa aspira l'aria che viene poi stivata nel contenitore di vetro. A quel punto, è possibile analizzarla per scoprire cosa contiene.

Carlo – Ma a cosa serve analizzarla? L'aria è invisibile, quindi non c'è niente dentro, giusto?

Nonno – L'aria è invisibile, questo è vero, ma è composta da una miscela di **gas**, tra cui l'**ossigeno** che ci serve per respirare.

Carlo comincia a inspirare ed espirare rumorosamente.

Giulia – Smettila di sbuffare, sembri una balena! E non mi fai concentrare. Mi ricordo che la nostra professoressa di scienze ci ha parlato di questo: in pratica inspiriamo ossigeno ed espiriamo anidride carbonica, giusto?

Carlo – Non ho mai sentito parlare di questa roba... Cosa sono l'ossigeno e l'anidride carbonica? E come si fa a misurare una cosa che non si vede?

Giulia – Forse non riusciamo a vedere l'aria perché è troppo piccola. Nonno, tu riesci a vederla con il tuo microscopio?

Nonno – Ci sei quasi, Giulia. La nostra **atmosfera**, cioè lo strato d'aria che circonda il pianeta, è invisibile ed è necessario usare degli strumenti specifici per scoprire quali sono i gas che la compongono e misurare le loro quantità. Non si tratta di microscopi ma di apparecchi di misurazione estremamente precisi.

Carlo – Ma l'atmosfera ce l'hanno tutti i pianeti?

Nonno — Alcuni sì, ma quella che circonda la Terra è speciale perché contiene una miscela di gas che consente la vita.

Carlo — Di cosa è fatta?

Nonno Luigi disegna per terra con un bastone un cerchio che poi divide a spicchi; ogni fetta rappresenta un gas:

— La fetta più grande rappresenta l'azoto, un gas molto utile per le piante. Questa fetta più piccola rappresenta invece l'ossigeno che è il gas che ci permette di respirare e quindi di vivere. Per finire, questa minuscola parte che resta contiene tutti quei gas che sono presenti in piccolissime quantità ma che sono comunque molto importanti.

Giulia — Ma nonno, è una fettina piccolissima!

Nonno — Eh sì! Questi gas vengono anche chiamati «gas traccia» proprio per questo motivo. Sono, infatti, almeno mille volte più rari degli altri.

Giulia — E quali sono?

Nonno — Uno in realtà penso lo conosciate già. Guardate lassù: tutte quelle belle nuvole trasportate dal vento, secondo voi di cosa sono fatte?

Carlo s'incanta a guardare il cielo e gli sembra di vedere una nuvola a forma di mongolfiera, un'altra a forma di cuscino...

— Carlo, svegliaaa! lo scuote Giulia. Stai sognando ad occhi aperti. Ti ricordi che le nuvole sono fatte di piccole gocce d'acqua, vero?

— Sì, ho capito! esclama Carlo. Nell'atmosfera c'è il vapore acqueo. L'acqua è davvero magica: può diventare dura come il ghiaccio o liquida come il mare.

— Bravo Carlo! Conosci bene l'acqua che può presentarsi sotto forma liquida o solida, ma che nell'atmosfera assume la forma di vapore ed è invisibile. Forse non sapete però che proprio il vapore ha un ruolo preciso nell'atmosfera e per questo motivo viene definito anche «**gas serra**».

Giulia — Io sapevo che il gas serra era l'anidride carbonica...

Nonno — Ed è vero. Ci sono infatti diversi gas serra, tra cui l'anidride carbonica, il metano, il protossido di azoto, ecc. Si tratta di gas molto importanti perché influiscono sul **clima**

della Terra. Gli scienziati, infatti, li stanno studiando con molta attenzione per capire bene qual è il loro ruolo. Adesso sapete a cosa serve quel marchingegno che avete trovato nella rimessa.

— Mi avete fatto venire il mal di testa! si lamenta Carlo. Non ho capito cosa c'entrano questi gas invisibili con il clima della Terra.

Giulia — È vero. Anche io non ho capito tanto bene.

Nonno — Venite con me, vi faccio vedere una cosa.

E tutti insieme si dirigono verso il fondo del giardino.

cos'è l'effetto serra?

IN+ CO_2

Anidride carbonica, biossido di carbonio e CO_2 sono tre modi diversi per indicare lo stesso gas. L'anidride carbonica è inodore e invisibile ed è composta da un atomo di carbonio e due di ossigeno (indicati dal numero «2» posto di fianco alla lettera O): per questo viene anche chiamata «biossido di carbonio».

Carlo dice a Giulia di sbrigarsi e si mette a correre verso il fondo del giardino, gridando: «A chi arriva per ultimo, niente gelato!».

Giulia e il nonno non se lo fanno dire due volte e si lanciano all'inseguimento di Carlo. Una volta arrivati vicino al grande albero di mele, i ragazzi si accorgono che c'è una nuova costruzione fatta di vetro e metallo. Dentro questa specie di ripostiglio trasparente, Giulia e Carlo riescono a vedere alcuni fiori colorati.

Nonno – Allora, ragazzi, secondo voi che cos'è?

Carlo – Un garage per le bici!

Giulia – Ma no, che dici! È una serra, non lo vedi? È come una casetta di vetro per le piante, per proteggerle dal freddo. Nonno, tu hai costruito questa serra per coltivare le orchidee che mi piacciono tanto?

Nonno – Esatto, Giulia. L'ho fatta proprio per quello, ma poi ho anche scoperto che tutte le farfalle del giardino vanno a rifugiarsi lì dentro quando fa troppo freddo. Conto sul tuo aiuto per riuscire a ingrandire la nostra collezione di orchidee e per badare a tutte le piante.

Giulia, con un grande sorriso – Agli ordini, signore!

Carlo – OK, OK. Ma cosa c'entra tutto questo con i gas dell'atmosfera?

Giulia – Ma come, non l'hai capito? Questa serra di vetro tiene le piante al caldo durante tutto il corso dell'anno proprio come fanno certi gas che circondano il nostro pianeta e che creano attorno alla Terra una specie di serra invisibile.

Nonno – È più o meno così. Il Sole emette calore e scalda la Terra con i suoi raggi, come puoi ben vedere.

Carlo, ridendo – Sì, sì, li vedo fin troppo bene: devo indossare gli occhiali da sole per proteggere i miei occhi!
Nonno – Quello che forse non sapete però è che anche il nostro pianeta emette calore che si disperde nello spazio. Questi raggi sono invisibili e vengono chiamati **«raggi infrarossi»**. Se tutto il calore emesso dal nostro pianeta si disperdesse nello spazio, la temperatura sulla superficie

della Terra sarebbe bassissima, all'incirca 18 gradi sotto zero.

Giulia — Brrrr! Addirittura -18 °C?!?! Come vivere al Polo Sud!

Nonno — Esattamente. Per fortuna, però, i gas a effetto serra imprigionano una parte di questi raggi infrarossi e ne impediscono la dispersione.

Carlo — Se ho capito bene allora, questi gas serra si comportano un po' come una coperta invisibile: tengono al caldo la Terra come le coperte tengono al caldo me quando sono a letto.

Giulia — Ah, ah, ah! Sei il solito pigrone, pensi solo a dormire! Io preferisco pensare che quei gas sono come la serra del nonno che tiene al caldo le mie bellissime orchidee.

Carlo all'improvviso diventa serio.

— Nonno, ho paura!

Nonno — Perché, piccolo mio?

Carlo — E se l'atmosfera se ne va? Cosa trattiene tutta quell'aria intorno alla Terra?

LO SAI?

I raggi infrarossi

I raggi luminosi possono essere divisi in tre grandi gruppi: i raggi visibili, quelli ultravioletti e quelli infrarossi (l'occhio umano non è in grado di vedere né gli ultravioletti, né gli infrarossi). Più un oggetto è caldo e maggiore è la quantità di raggi che emette. Anche il corpo umano emette dei raggi infrarossi, infatti di notte è possibile avvistare la presenza di un uomo utilizzando proprio un binocolo a infrarossi.

Nonno – È la forza di gravità della Terra a impedire ai gas di disperdersi nello spazio. La gravità della Luna, invece, che è inferiore a quella della Terra, non è abbastanza intensa per trattenere un'atmosfera attorno a sé e infatti non c'è aria sulla Luna, né vita. Non preoccuparti, Carlo, non c'è pericolo che il nostro pianeta perda la sua atmosfera.

A questo punto, però, è Giulia ad essere preoccupata:

– Nonno, tu hai detto che l'atmosfera non può sparire ma io ho letto su un giornale che ci sono dei buchi nell'atmosfera causati dall'inquinamento.

Nonno Luigi si mette a ridere.

– Tu pensi che qualcuno possa fare un buco nell'acqua?

Carlo – È impossibile! L'acqua si sposta continuamente, nessuno ci può riuscire.

Nonno – Infatti. Vedete, ragazzi, l'aria somiglia all'acqua da questo punto di vista. Tutte e due si spostano continuamente: nel mare ci sono le «correnti marine», mentre nell'atmosfera ci sono i venti. Quindi non è possibile che ci siano buchi nell'atmosfera.

Giulia – Ma allora sul giornale hanno scritto una sciocchezza?!?!

Nonno – Vedi, Giulia, nella parte alta dell'atmosfera, a oltre 20 km di altitudine, c'è un gas molto prezioso che si chiama **ozono**.

Giulia – E da dove arriva questo gas?

Nonno — L'ozono si forma grazie ai raggi del Sole e all'ossigeno presente nell'atmosfera. Questo gas ha un ruolo molto importante per la vita sul nostro pianeta perché si comporta come un filtro e blocca una parte dei raggi nocivi provenienti dal Sole, i **raggi ultravioletti**.

Giulia — Deve essere bello questo colore «ultravioletto»...

Nonno — E chi può dirlo! Questi raggi ultravioletti sono invisibili ma molto pericolosi perché possono causare danni alla pelle e agli occhi.

Giulia — Ma, nonno, allora è questo strato di ozono che si è danneggiato?

Nonno — Quand'ero giovane, sono state inventate tantissime cose destinate a facilitare la vita di noi tutti, come per esempio le bombolette spray usate per spruzzare il deodorante o la lacca per capelli. Anche il frigorifero è una grande invenzione di quel periodo e ci permette di conservare a lungo gli alimenti. Sono stati anni di grandi progressi...

Carlo — Meno male che c'è il frigo: io vado matto per il gelato!

Nonno — Purtroppo però, dopo qualche tempo, si è scoperto che i frigoriferi e gli spray contenevano alcune sostanze chimiche dannose, i «**clorofluorocarburi**».

Carlo — Fatemi indovinare: quando i frigoriferi guasti erano da buttare, queste sostanze, i «clorofroburi», uscivano e si disperdevano nell'aria. Succede anche con le gomme della mia bici quando buco.

Nonno — È esattamente così. I clorofluorocarburi si diffondevano ovunque nell'aria e hanno distrutto una parte dello strato di ozono che si trova ad alta quota.

Giulia – Che peccato! Quindi adesso l'atmosfera ci protegge meno di prima dai raggi ultravioletti, giusto? Che possiamo fare per rimediare?

Nonno – Nel momento stesso in cui gli scienziati si sono accorti dei danni che i clorofluorocarburi stavano causando, hanno comunicato le loro scoperte ai governi dei vari paesi che si sono messi d'accordo per vietare l'uso di queste sostanze e sostituirle con altre meno dannose per l'ozono. Tutto questo è avvenuto nel lontano 1987. Ci vorranno ancora molti anni prima che lo strato d'ozono torni ad essere com'era prima.

Carlo – Certo che la natura è complicata! Quando mi capita di bucare con la bici, mi bastano cinque minuti per riparare la foratura, ma la natura ci metterà un sacco di tempo per riparare l'ozono lassù, forse sarà pronto quando io sarò nonno!

Nonno – Hai ragione, Carlo. L'atmosfera è molto fragile, ma soprattutto è molto preziosa perché contiene gas che sono in grado di trattenere il calore grazie appunto all'effetto serra, oltre all'ozono che ci protegge dalle radiazioni ultraviolette. Sono contento di aver parlato di questo argomento con voi, ragazzi miei. Quando ero un giovane ricercatore e studiavo proprio i danni che l'inquinamento stava provocando, mi sono chiesto spesso come sarebbe stato il futuro e che pianeta avrebbero trovato i miei nipoti...

IN+ Il punto della situazione sull'ozono

Oggi le leggi vietano di usare i clorofluorocarburi proprio perché queste sostanze chimiche distruggono lo strato di ozono. La quantità di clorofluorocarburi ancora presente nell'atmosfera diminuisce molto lentamente e continua a distruggere l'ozono, impedendo che lo strato si riformi integralmente. Con molta probabilità, dovranno passare più di cinquanta anni prima che lo strato di ozono ritorni ai livelli del 1980.

Carlo, tutto contento — Sorpresa! I tuoi nipoti sono qui adesso e hanno una gran voglia di andare al mare a fare un bel bagno!

Qual è l'origine dell'anidride carbonica?

I due ragazzi indossano in fretta i loro costumi da bagno, prendono gli asciugamani, il secchiello e la paletta e corrono in spiaggia.
— Brrr, è gelida! dice Giulia toccando l'acqua con la punta del piede.
— Dai, non fare la femminuccia! L'ultimo che si tuffa è una cozza! esclama Carlo, sfidandola ad entrare in acqua.
I ragazzi ridono, si bagnano e si tuffano, poi corrono verso la spiaggia tutti infreddoliti e si asciugano con i loro teli.

Carlo — Ah, che bello!

Giulia — Stavo pensando a una cosa: ti ricordi il microscopio del nonno? Tu hai detto che volevi osservare il plancton...

I due ragazzi si guardano senza bisogno di dire una parola. Riempiono d'acqua di mare il secchiello e si avviano di nascosto verso la vecchia rimessa del nonno. Una volta entrati, Carlo versa qualche goccia d'acqua sul vetrino del microscopio, gira tutte le manopole e preme tutti i tasti, tenendo gli occhi incollati all'apparecchio.

— Uffa, questo coso non funziona! Forse è rotto...

Giulia, molto orgogliosa di essere stata attenta alle lezioni di scienze, esclama:

— Aspetta, io so come si fa: bisogna premere l'interruttore e poi regolare l'ingrandimento girando quella rotella grigia.

— È vero, adesso funziona! Vedo un sacco di animaletti trasparenti che si muovono dappertutto! esclama Carlo, tutto contento.

— Spostati, fammi vedere, interviene Giulia spingendo di lato suo cugino. È vero, è incredibile! Ci sono tantissimi animaletti in una goccia d'acqua. Se penso che quando mi capita di berla ingoio anche tutte quelle bestie! Che schifo!

I ragazzi sono molto concentrati a osservare il plancton al microscopio e nella rimessa c'è un silenzio totale. Ad un certo punto, un rumore sinistro e improvviso li fa sobbalzare di paura.

— Nonno, sei tu?

Nessuna risposta. I due ragazzi si guardano attorno con il cuore in gola. Poi sentono di nuovo un lungo cigolio, seguito da una specie di soffio e da un verso acuto. Giulia ha la pelle d'oca, comincia a tremare di paura e stringe il braccio di Carlo.

– Veniva da quel vecchio armadio là in fondo. Cosa può essere, secondo te?

– Non lo so.

In preda al panico, i due ragazzi si precipitano verso la porta della rimessa e nella corsa rovesciano un grosso secchio che cade per terra facendo un gran baccano. Giulia e Carlo arrivano correndo in casa e chiamano a gran voce il nonno che è in cucina a preparare la cena.

Carlo – Nonno, nonno, c'è qualcuno nella rimessa!

Nonno – Cosa siete andati a fare di nuovo lì dentro?

Giulia diventa rossa e poi spiega al nonno cosa hanno fatto. Una volta terminato il racconto della loro avventura, il nonno decide di accompagnare i due ragazzi di nuovo nella rimessa per controllare la situazione.

Il nonno apre la porta con cautela, guarda a destra e a sinistra e poi scoppia a ridere.

– Ma ragazzi, non avrete mica paura di un vecchio gatto che russa un po'?!?!

Il nonno punta la torcia verso l'armadio e, attraverso la porta socchiusa, si intravede la testa arruffata di un gattone rosso. Dall'espressione sul suo muso, si capisce che il gatto non è affatto contento di essere stato disturbato durante il suo riposino.

— Biscotto, ci hai fatto prendere una bella paura! esclama Carlo, mentre Giulia prende in braccio il gatto per fargli qualche carezza.

Mentre i ragazzi sono indaffarati con il gatto, il nonno si china sul microscopio per osservare il plancton.

— Guarda Giulia! Il nonno non sa resistere alla curiosità, esclama Carlo.

— È proprio perché sono un uomo curioso che ho fatto il ricercatore, cari i miei furboni. E ogni volta che la nostra squadra scopriva qualcosa, ci facevamo altre domande e poi altre ancora! Non dimenticate che, fino a qualche ora fa, eravate voi a farmi mille domande! Ma ne avete dimenticata una di particolare importanza.

Carlo — Quale, nonno?

Nonno — Non mi avete chiesto da dove vengono tutti i gas che ci sono nell'atmosfera.

Giulia — E invece sì! Io ti ho chiesto da dove veniva l'ozono.

Carlo, ridendo — Ah, ah, ah! I buchi non ci sono solo nell'atmosfera ma anche nella tua memoria, nonno!

Giulia – Carlo smettila! Non è educato prendere in giro il nonno. Forse ho capito: tu volevi dire che non ti abbiamo chiesto da dove proviene l'**anidride carbonica**. Papà mi ha detto che tu sei stato uno dei primi ricercatori a studiare il **ciclo del carbonio**.

Nonno – È così, infatti. E adesso vi dimostrerò che esiste un legame tra il plancton che avete osservato al microscopio e l'effetto serra nell'atmosfera. Secondo voi, da dove arriva l'anidride carbonica che c'è nell'atmosfera?

Giulia – Non lo so, però mi ricordo che l'insegnante di scienze ci ha detto che le piante usano l'anidride carbonica per crescere.

– Esatto, si vede che ti piacciono tanto i fiori! Quel processo si chiama «**fotosintesi**». Gli animali invece assorbono ossigeno ed emettono anidride carbonica.

– Il mare cosa fa? E il plancton? chiede ansioso Carlo.

– Ecco la curiosità dell'uomo di mare! In effetti, una parte dell'anidride carbonica presente nell'aria si dissolve nel mare e tutto ciò che cresce negli oceani, dalle alghe al plancton, si serve di questo carbonio per crescere e svilupparsi. Gli animaletti che costituiscono il plancton, per esempio, se ne servono per formare i loro gusci microscopici.

Carlo – Hai visto, Giulia, il plancton è utile perché è una riserva di carbonio!

Nonno — È proprio così! Quando quei minuscoli animaletti muoiono, i loro gusci finiscono sul fondo del mare e il carbonio in essi contenuto finisce nel fango, nei sedimenti marini.

Giulia — Ma allora i fossili dei molluschi sono residui di carbonio?

Nonno — Esattamente, Giulia!

Carlo, con voce solenne — ... E potete ammirare davanti a voi l'oceano dove riposa il carbonio... per sempre!

Nonno — Le cose non stanno proprio così. Il mare può emettere anidride carbonica nell'atmosfera, per esempio quando l'acqua è particolarmente calda o quando i venti fanno risalire verso la superficie le correnti più profonde. Senza dimenticare che pian piano i vulcani bruciano i sedimenti marini più vecchi, rilasciando anidride carbonica nell'atmosfera.

LO SAI?

La fotosintesi

Le piante verdi emettono ossigeno e assorbono anidride carbonica dall'aria. Grazie alla luce del Sole, infatti, le piante sono in grado di trasformare l'anidride carbonica in nutrimento per far crescere le foglie, le radici e lo stelo. Per crescere, le piante hanno bisogno anche dell'acqua e dei minerali che si trovano nel terreno.

Carlo — Nonno, non capisco più niente! Hai detto che le piante possono assorbire o rilasciare anidride carbonica e che la stessa cosa possono fare gli oceani, come è possibile?

Nonno — È così, figliolo. La natura è frutto di un delicato equilibrio che si raggiunge un po' alla volta. Ti ricordi lo stagno che c'è in fondo al giardino? Beh, le cose funzionano più o meno alla stessa maniera, il ruscello porta l'acqua nello stagno che si riempie. Se però l'acqua comincia a essere troppa, una parte fuoriesce e finisce nel mare. L'acqua scorre tutto il tempo ma lo stagno è sempre lì.

Giulia — Ma allora il ciclo del carbonio è un po' come il **ciclo dell'acqua**. Il carbonio è sempre in movimento, si trasforma grazie alle piante, al terreno, al mare, alle alghe, al plancton, al fango e ai vulcani, ma alla fine è tutto collegato!

Un brontolio improvviso interrompe la spiegazione: è lo stomaco di Carlo. I ragazzi scoppiano a ridere.

Carlo — Nonno, è pronta la zuppa? Sto morendo di fame!

Perché l'anidride carbonica continua ad aumentare?

Una volta rientrati in casa, i ragazzi corrono in cucina e cominciano ad apparecchiare, mentre nonno Luigi affetta il pane e porta in tavola la profumata zuppa di verdure che ha preparato.

— Attenzione ragazzi, scotta!

Giulia — Mmmm, nonno è buonissima. Solo tu la fai così!

I ragazzi fanno il bis e poi il nonno dice a Carlo di andare a prendere qualche gelato dal congelatore. Il ragazzo spera di trovare uno di quei deliziosi ghiaccioli al limone che gli piacciono tanto. Aprendo il congelatore, Carlo nota una grossa cassa dall'aspetto misterioso. L'etichetta sulla parte superiore è strana e sembra scritta in un alfabeto diverso «Восток антарктическая». Curioso com'è, Carlo non resiste alla tentazione e apre un po' il coperchio per dare una sbirciatina al contenuto: la scatola contiene dei grossi cilindri di ghiaccio. Che cosa possono mai essere? Carlo richiude la cassa e continua a cercare i suoi ghiaccioli al limone. Una volta trovati, ne prende tre e raggiunge il nonno e Giulia in cucina.

Carlo — Ho preso i ghiaccioli! Nonno, cosa sono quei cilindri che hai nel congelatore?

Il ciclo del carbonio

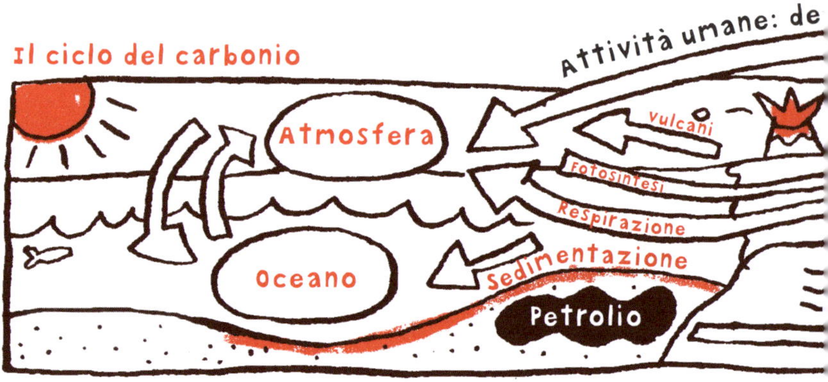

Nonno — Cos'hai visto?

Carlo — Nel congelatore c'è una cassa con degli strani ghiaccioloni...

Nonno — Ah, piccolo ficcanaso, hai aperto la cassa che viene da Vostok, in Antartide.

— Ma come mai, nonno, tu hai nel congelatore dei ghiaccioli dell'Antartide? chiede Giulia stupita.

Nonno — Non sono ghiaccioli, Giulia. Sono i resti di alcune carote di ghiaccio che sono state estratte durante una spedizione scientifica.

Carlo — Delle carote gelate?!? Beh, sempre meglio del gelato alla carota!

— Durante le spedizioni scientifiche, di solito si prelevano dei campioni di ghiaccio dalla calotta polare. Per prendere questi campioni si usa un grosso tubo che viene infilato

nella neve per diversi chilometri di profondità fino ad arrivare al ghiaccio sottostante. Questo ghiaccio ha una caratteristica unica: dovete sapere, infatti, che quando cade, la neve, si deposita su quella già esistente e imprigiona tra un fiocco e l'altro un po' d'aria. La neve che è caduta per prima si trasforma poi in ghiaccio a causa del peso degli strati superiori. Questo fenomeno si ripete anno dopo anno. L'aria che era rimasta imprigionata tra i fiocchi resta nel ghiaccio sotto forma di minuscole bolle.

Carlo – Ah, quindi c'è dell'aria vecchissima in quelle bolle!

LO SAI?

Le calotte polari

Le calotte polari si trovano sia in Groenlandia sia in Antartide. Sono formate dalla neve che, ammassandosi, si trasforma in ghiaccio e assume la forma di una specie di grossa cupola. Questo strato di ghiaccio può superare anche i 4 km di spessore. Per esempio, alla stazione russa di Vostok, al centro dell'Antartide, è stata estratta la più lunga carota di ghiaccio (3640 m).

Nonno — Proprio così, Carlo. Quelle piccole bolle contengono la memoria dell'atmosfera del passato e grazie a loro oggi possiamo sapere esattamente quanti gas serra c'erano nell'atmosfera durante la preistoria, per esempio.

Giulia — Ma a cosa serve?

Nonno — Poco fa, abbiamo parlato del ciclo del carbonio, giusto? Abbiamo detto che si basa sugli scambi tra vegetazione, oceani e atmosfera. Prima vi ho anche detto che tempo fa questi scambi erano in perfetto equilibrio, mentre adesso non è più così.

Carlo — Come mai? Cos'è successo?

Nonno — A partire dal 1960, misurando, anno dopo anno, l'anidride carbonica presente nell'atmosfera, gli studiosi hanno scoperto che la quantità continua ad aumentare. Grazie alle bolle d'aria nel ghiaccio, si sono anche resi conto che si tratta di un aumento eccezionale.

Carlo — Cioè vuoi dire che quello che sta succedendo adesso non è normale?

Nonno — Esattamente, non è un fenomeno naturale, ma c'è qualcosa di nuovo. C'è molta più anidride carbonica nell'aria ora di quanta ce ne sia mai stata in qualsiasi altro momento nell'ultimo milione di anni di storia del nostro pianeta. E non dipende dal mare o dalle piante, ma da noi.

— Da noi!?!? esclamano in coro Carlo e Giulia.

Nonno — Sì! La causa siamo proprio noi uomini.

Giulia — Io non c'entro niente!

Nonno — Tu non lo sai, ma tutti noi contribuiamo a rilasciare nell'atmosfera miliardi di tonnellate di anidride carbonica ogni anno.

Carlo — E come?

Nonno — Quando costruiamo una casa o un edificio usando il cemento, produciamo anidride carbonica. Quando riscaldiamo un ambiente, con un impianto a gas o a carbone, produciamo anidride carbonica. Quando guidiamo un mezzo qualsiasi — un'auto, un trattore, un camion o un aereo — il motore consuma carburante e produce anidride carbonica. Quando c'è un incendio e una foresta brucia, tutto il carbonio accumulato dagli alberi nelle foglie e nel tronco viene rilasciato nell'aria. Ma non è tutto: quando accendiamo una lampada o compriamo un oggetto che è stato prodotto in una fabbrica, anche in questi casi c'è una quantità di anidride carbonica che viene immessa nell'atmosfera. Soprattutto se l'elettricità usata per produrre quell'oggetto deriva dal petrolio, dal gas o dal carbone.

Carlo — Ma nonno, allora tutto quello che facciamo produce anidride carbonica! Anche quando uno è seduto e gioca tranquillamente con i videogame.

Giulia — Questo vuol dire che usiamo l'atmosfera come una grossa pattumiera, è così?

Nonno — Purtroppo sì. Mi ricordo che, all'inizio, l'invenzione del cemento per le costruzioni, l'uso del petrolio e tante altre innovazioni erano considerate manifestazioni del progresso che permetteva all'uomo di vivere meglio. Adesso però sappiamo che l'aumento della popolazione mondiale porta a un aumento del consumo di petrolio, gas e carbone e quindi anche a un aumento della quantità di anidride car-

IN+ I combustibili fossili

In certe condizioni, i resti di piante e alghe si trasformano naturalmente in idrocarburi (carbone, petrolio e gas naturale, o metano) e possono essere intrappolati lentamente dentro sedimenti e rocce: è per questo che vengono chiamati anche «combustibili fossili». Da circa 200 anni, l'uomo estrae questi idrocarburi dal suolo e li brucia per produrre elettricità oppure come combustibili per i motori dei veicoli (auto, camion, aerei, ecc.). Il risultato di questa combustione è appunto l'immissione di anidride carbonica nell'atmosfera.

bonica rilasciata. E questo accade anno dopo anno, senza sosta.

Carlo — Quindi aumenta anche l'effetto serra!

Giulia — È come se qualcuno ricoprisse ogni anno con una coperta in più l'intero pianeta. Sulla Terra farà sempre più caldo. Se aumenta la quantità di gas serra, il clima cambierà.

— Ma no! Le piante e gli oceani assorbiranno l'anidride carbonica e il livello scenderà, vedrai! esclama Carlo, con voce da saputello.

Nonno — Sfortunatamente c'è un limite a quello che la natura può fare, Carlo. Devi sapere che oggi le piante, gli oceani e il terreno riescono ad assorbire più o meno metà dell'anidride carbonica che produciamo.

IN+ La deforestazione

Quando una foresta brucia, si produce anidride carbonica. Circa il 20% dei gas serra prodotti dall'uomo è il risultato della deforestazione, che avviene solitamente nelle zone tropicali.
La sparizione di una foresta mette anche in pericolo la sopravvivenza di numerose specie vegetali e animali.

Giulia – Scusa nonno, gli oceani però sono immensi e l'auto di papà è davvero piccola. E poi noi abbiamo piantato degli alberi dietro casa!
Nonno – È vero che gli alberi crescendo assorbono l'anidride carbonica e la trattengono nelle foglie, nel tronco e anche nel terreno circostante ed è anche vero che, se si pianta un nuovo albero ogni volta che se ne taglia uno, allora è tutto a posto. Purtroppo però, in molti paesi, le foreste vengono abbattute per far posto a prati, a campi o anche sólo per ricavare legname da vendere.
Giulia – Secondo te, chi produce più CO_2?
Nonno – E tu sai dirmi quante tonnellate di CO_2 produce un italiano ogni anno?
– Io dico più o meno una tonnellata!
Carlo cerca mentalmente di immaginare quant'è grande una tonnellata.
– Un toro peserà una tonnellata, vero?
Nonno – Acqua! Acqua! Siete ancora lontani. Un italiano produce in media otto tonnellate di CO_2 all'anno.

– Otto tonnellate?! È come un grosso elefante! esclama Carlo, impressionato.

– La vostra piccola automobile, per esempio, da sola produce circa 120 grammi di CO_2 per chilometro e se moltiplicate questo numero per il totale delle auto che circolano e per il totale dei chilometri percorsi...

Giulia – È vero! Stamattina c'era un ingorgo enorme per strada e per poco non abbiamo perso il treno.

Nonno – E pensate che non siamo i peggiori. La media europea è di 10 tonnellate di CO_2 a persona all'anno. Negli Stati Uniti e in Australia la situazione è ancora più grave, perché ogni abitante di quei paesi produce circa 15-20 tonnellate di anidride carbonica ogni anno. Nei paesi in via di sviluppo, invece, la quantità di CO_2

prodotta da ciascun abitante è più bassa: circa 1 tonnellata in India e 4 in Cina. In totale, la produzione mondiale di anidride carbonica supera i 30 miliardi di tonnellate all'anno. Noi uomini riversiamo nell'atmosfera una quantità di CO_2 cento volte maggiore di quella emessa da tutti i vulcani del pianeta.

— Ho capito. Adesso vado a prendere la mia bicicletta e uso solo quella! dice Carlo, con aria seria.

Nonno — Ottima idea! Che ne dite se andiamo tutti a fare un giro in bici sulla spiaggia, per ammirare i bei colori che può assumere l'atmosfera al tramonto?

È possibile ridurre il riscaldamento globale?

Carlo salta sulla bici e comincia a pedalare con molta foga; Giulia fa altrettanto e si lancia all'inseguimento del cugino. Dopo una breve corsa, Giulia si rende conto che, nonostante sia ormai sera, l'aria è ancora molto calda.

Giulia — Nonno, mi sa che il clima ha già cominciato a scaldarsi!

Nonno — In effetti è così, Giulia. La temperatura del pianeta sta già salendo. Per il momento, questo aumento è minimo visto che la temperatura è cresciuta in media solo di mezzo grado negli ultimi cinquanta anni.

Carlo — Ma allora è poco! A scuola abbiamo misurato la temperatura esterna tutti i giorni, di mattina e di pomeriggio, e abbiamo visto che sale e scende sempre, a volte persino di 10 °C in un solo giorno.

Nonno — Questo è vero, le condizioni climatiche possono variare anche di molto nell'arco di una giornata. Il clima, infatti, dipende principalmente dall'insolazione e dalla direzione dei venti: in generale quelli provenienti da sud portano aria calda mentre quelli che arrivano da nord aria fredda.

Giulia — Ma allora, se la temperatura della Terra sale un po' alla volta, è difficile accorgersene perché il clima cambia comunque, anche da un giorno all'altro.

Nonno — Vero. All'inizio, quando il fenomeno ha cominciato a manifestarsi, è stato difficile rendersene conto. Dopo diverse decine di anni, però, il riscaldamento finisce col modificare il paesaggio: nelle zone più fredde del pianeta, per esempio, i ghiacciai hanno cominciato a fondere proprio a causa dell'aumento della temperatura globale. Certi animali, come alcune specie di insetti, di pesci o di uccelli, si stanno spostando a nord. Senza dimenticare le piante: anche loro reagiscono a questo cambiamento.

Carlo — Ma quando tu eri piccolo faceva più freddo?

Nonno — Quando avevo la vostra età, mi ricordo che d'inverno nevicava molto più spesso. Oggi, invece, gli inverni rigidi sono diventati più rari e le temperature sono più alte. In estate, per esempio, devo innaffiare più spesso l'orto se non voglio che secchi tutto.

Giulia — Ma allora questo cambiamento climatico non è poi così grave!

IN + La vendemmia anticipata

In Francia, per esempio, proprio a causa del riscaldamento globale, la vendemmia viene anticipata di un mese rispetto a cinquanta anni fa. Questo perché l'uva matura più rapidamente se fa più caldo. In certi laghi situati ad alta quota, l'innalzamento della temperatura dell'acqua ha alterato i ritmi riproduttivi di alcune specie di pesci. In montagna gli alberi diventano sempre più alti perché gli inverni durano meno e sono meno rigidi.

Nonno – Purtroppo questo è solo l'inizio, tesoro mio.

Carlo – Perché, nonno?

Nonno – Perché il riscaldamento del clima è destinato ad aumentare. Vi faccio un esempio: se l'oceano si scalda, aumenta l'evaporazione dell'acqua; questo vuol dire che in un'atmosfera più calda c'è più vapore acqueo e quindi maggiore effetto serra.

Carlo – Ci risiamo!

Nonno – Infatti. Gli scienziati parlano in questi casi di «retroazioni». Vi faccio un altro esempio: più CO_2 rilasciamo nell'atmosfera, più l'oceano si scalderà e meno sarà in grado di assorbire CO_2.

IN+ Qualche dato

Entro il 2100, la situazione del riscaldamento globale dipenderà dalla quantità di gas serra rilasciati nell'atmosfera: +2 °C se iniziamo subito a ridurre l'immissione di gas serra oppure oltre 4 °C se la produzione di gas serra continuerà ad aumentare. Maggiore è il riscaldamento, maggiore sarà l'innalzamento del livello del mare a causa della dilatazione degli oceani (che si espandono quando si riscaldano) e dello scioglimento dei ghiacciai e delle calotte polari. Attualmente, il livello dei mari sale di 3 mm ogni anno; se la situazione non cambia, entro il 2100, il livello degli oceani potrebbe salire di un metro.

Giulia, speranzosa – Forse le piante possono essere una soluzione: di solito crescono meglio quando fa caldo!

Nonno – Questo è vero, Giulia, ma sempre entro certi limiti. Ti ricordi cosa è successo agli alberi e alle piante durante la caldissima estate del 2003?

Giulia – È vero! Quell'anno ha fatto molto caldo! Lo stagno era quasi asciutto, il prato era tutto secco e gli alberi avevano persino perso le foglie.

Nonno – Ottima memoria! Nel corso di quell'estate, le foreste e il suolo dei paesi europei avevano immesso nell'atmosfera una quantità di carbonio superiore a quella che avevano immagazzinato durante i tre anni precedenti. Il riscaldamento potrebbe provocare qualcosa di simile e impedire agli alberi di immagazzinare l'anidride carbonica.

Giulia – È un circolo vizioso, questa storia. È il nostro destino: farà sempre più caldo...
Nonno – Non a caso, questo fenomeno preoccupa molto gli scienziati. Secondo alcuni studi, infatti, la temperatura della Terra è destinata a salire di diversi gradi durante il XXI secolo, con gravi conseguenze sulla flora e la fauna del pianeta, ma anche su tutti noi. Se il livello del mare continua a salire, ci saranno grossi problemi per chi vive sulle coste.
Giulia – Cosa possiamo fare per fermare tutto questo?
Carlo – Io lo so! Basta lasciare le auto in garage e andare tutti in bici per qualche mese!
Nonno – Magari fosse così facile! Purtroppo l'anidride carbonica che non viene assorbita dagli oceani e dalla vegetazione resta nell'atmosfera per migliaia e migliaia di anni.
– Se fossi io il Presidente della Repubblica, chiederei agli scienziati di costruire una pompa come quella che hai tu, solo più grande, per aspirare l'anidride carbonica e poi seppellirla in una grossa buca nel terreno, esclama Carlo che ha sempre tanta fantasia.
Nonno – Potrebbe essere un'idea, ma ci vorrebbe una buca davvero grande con un tappo altrettanto grande!
Giulia – I governi dei vari paesi stanno facendo qualcosa per combattere il riscaldamento globale?
Nonno – All'inizio, i governi nazionali non pensavano che il problema fosse così grave. Una ventina d'anni fa, invece, le

Nazioni Unite hanno cominciato a chiedere ai ricercatori e agli studiosi di tutto il mondo di fare un bilancio della situazione globale e di preparare delle linee guida per i singoli paesi. Le Nazioni Unite hanno anche istituito degli accordi internazionali per la protezione dell'ambiente e del clima.

Carlo — Quindi adesso è tutto sotto controllo...

Nonno — Purtroppo la situazione è molto complessa. L'Europa ha imposto un limite alle emissioni di CO_2 e lo sta rispettando; ci sono altri paesi, invece, come Stati Uniti, Giappone e Australia che hanno addirittura aumentato le loro emissioni. È necessario che tutti gli Stati, sia quelli in via di sviluppo sia quelli più ricchi, facciano uno sforzo in questa direzione. Attualmente è difficile che tutti i paesi si mettano d'accordo per limitare le emissioni, perché il sacrificio richiesto, soprattutto ai paesi più industrializzati, è davvero grande. Sono proprio questi ultimi, infatti, che emettono più CO_2 di tutti. Altrettanto dovrebbero fare anche i paesi in via di sviluppo, altrimenti sarà davvero impossibile controllare le emissioni di anidride carbonica ed evitare i cambiamenti climatici. Sapete una cosa, però? Io sono ottimista: mi sembra che la gente sia sempre più attenta a questo problema e che abbia voglia di cambiare le cose.

Carlo — Nonno tu cosa fai per combattere l'effetto serra, a parte andare in bici?

Nonno — Per esempio, invece di comprare della verdura che viene da coltivazioni lontane e che quindi viene trasportata in camion per lunghi tratti, vi faccio mangiare i prodotti del mio orto!

IN + Cosa possiamo fare nel nostro piccolo?

Isolare bene la casa per limitare così il consumo di energia per il riscaldamento, usare i trasporti pubblici (autobus, treno, metropolitana), usare l'auto solo se davvero necessario e sempre viaggiando con più di una persona a bordo (se due o più persone condividono la stessa auto per fare lo stesso tragitto si riducono le emissioni), evitare gli sprechi, scegliere sempre le fonti energetiche rinnovabili, come quella eolica o solare, preferire il riscaldamento a legna e consumare solo prodotti locali e di stagione....

Giulia — Che buffo! Contro l'effetto serra, basta usare i prodotti della tua serra!

Nonno — Certo che non mancano le idee a voi due, eh? La vera soluzione è proprio questa: essere creativi. Voi siete i ricercatori di domani: sarete voi a inventare nuovi modi di vivere, nuove soluzioni, nuove tecniche per riscaldare le nostre case e per spostarci e nutrirci senza inquinare. Nel frattempo, sapete cosa potete fare?

Carlo — Questa volta non ne ho proprio idea!

Nonno — Andrete dritto a letto! Si dice che la notte porti consiglio e sono sicuro che, ripensando a tutto quello che avete imparato, domani mattina avrete nuove soluzioni da propormi. Conto su di voi, piccoli geni!

L'atmosfera e l'effetto serra

Approfondimenti

Prova da solo

L'ESPERIMENTO DI CARLO

L'oceano e l'anidride carbonica

Materiale

Per questo esperimento occorrono 2 lattine o due bottiglie della stessa bibita gassata, per esempio acqua tonica, cola o aranciata. La bibita nelle lattine contiene CO_2 (sotto forma di bollicine) e rappresenta l'acqua degli oceani.

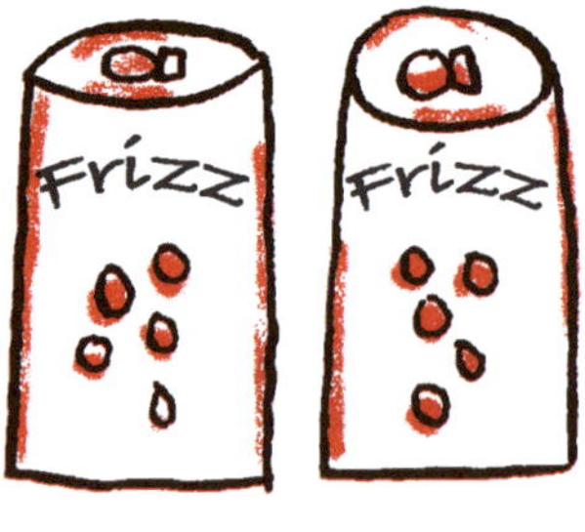

Ora metti una delle due lattine in frigorifero e l'altra al Sole per circa 2 ore.

Dopo 2 ore, apri prima con cautela la lattina che hai lasciato al Sole. Che cosa osservi?

. . . .

. . . .

. . . .

. . . .

Adesso apri la lattina che hai lasciato in frigorifero. Che cosa osservi?

. . . .

. . . .

. . . .

Spiegazione

Un liquido caldo trattiene meno CO_2 di uno freddo. Quando apriamo la lattina che è stata tenuta in frigo, la maggior parte dell'anidride carbonica resta nel liquido e solo una piccola quantità viene rilasciata nell'aria al momento dell'apertura. Al contrario, quando apriamo la lattina rimasta al Sole, fuoriesce una grande quantità di CO_2 che è possibile vedere sotto forma di bollicine che scoppiettano con un rumore caratteristico. Questo esperimento dimostra che maggiore è la temperatura degli oceani, minore è la quantità di CO_2 che l'acqua può trattenere o assorbire.

L'ESPERIMENTO DI GIULIA

La serra

Materiale

1 insalatiera in vetro trasparente
2 fogli di cartoncino nero
2 termometri identici
1 lampada molto potente

I fogli neri rappresentano la terra. Posa un termometro su ciascun foglio e poi copri uno dei due fogli con l'insalatiera rovesciata. Quest'ultima rappresenta una serra. Esponi entrambi i fogli alla luce della lampada, che rappresenta il Sole, e osserva come aumenta la temperatura indicata dai due termometri. Che cosa succede?

Spiegazione

Sotto l'insalatiera la temperatura è più alta. I fogli neri, come la superficie del nostro pianeta, assorbono il calore del Sole. Senza la serra creata con l'insalatiera, una parte di questo calore viene disperso nell'atmosfera. La serra invece lascia passare la luce del Sole ma intrappola il calore che resta dunque all'interno, innalzando la temperatura.

GLOSSARIO

Anidride carbonica - CO_2

Gas normalmente presente nell'aria che viene scambiato attraverso la respirazione e la fotosintesi. L'anidride carbonica ha un ruolo importante nel fenomeno dell'«effetto serra», perché ogni volta che vengono bruciati petrolio, carbone o gas, una quantità di CO_2 viene rilasciata nell'atmosfera.

Aria

Miscela di gas che forma l'atmosfera terrestre. È composta in prevalenza da azoto (78%), ossigeno (21%) e da altri gas presenti in piccole quantità, come vapore acqueo, argon, anidride carbonica, metano, ecc.

Atmosfera

Dal greco *atmos* (aria) e *sphaira* (sfera). L'atmosfera è lo strato gassoso che circonda la Terra. Se il nostro pianeta avesse le dimensioni di un'arancia, l'atmosfera sarebbe spessa come un foglio di carta.

Biossido di carbonio

Altro nome dell'anidride carbonica.

CFC (clorofluorocarburi)

Gas prodotti dalle attività industriali e composti principalmente da cloro e fluoro. Vengono usati per produrre frigoriferi, impianti di climatizzazione, bombolette spray (deodoranti, lacche per capelli, ecc), prodotti isolanti...

Ciclo dell'acqua

Circolazione naturale dell'acqua che si sposta tra oceani e corsi d'acqua (stato liquido), atmosfera (vapore acqueo) e ghiacciai (ghiaccio).

La circolazione avviene tramite l'evaporazione (l'acqua passa dallo stato liquido allo stato gassoso e diventa vapore), le precipitazioni (il vapore si trasforma in gocce d'acqua o in cristalli di ghiaccio all'interno delle nuvole e poi ricade al suolo) e lo scorrimento.

Ciclo del carbonio

Circolazione naturale del carbonio che viene scambiato tra oceani, vegetazione, suolo, atmosfera e rocce. Gli scambi avvengono tramite la fotosintesi (le piante trasformano l'anidride carbonica in materia organica), la dissoluzione (nell'acqua del mare), l'erosione delle rocce (a causa del gelo o delle precipitazioni), la fossilizzazione (trasformazione in sedimenti marini e rocce) e l'attività vulcanica. Il ciclo naturale del carbonio viene compromesso dall'intensa deforestazione e dallo sfruttamento dei combustibili fossili (petrolio, carbone e gas naturale) da parte dell'uomo.

Clima

È l'insieme delle condizioni atmosferiche (temperatura, precipitazioni, ecc.) misurate generalmente nell'arco di un periodo di trenta anni in una regione specifica. Le regioni della Terra si contraddistinguono per il clima desertico, temperato, polare, ecc. Il clima può variare con il passare del tempo.

Effetto serra

Si tratta di un fenomeno naturale: alcuni gas presenti nell'atmosfera della Terra lasciano passare la luce del Sole ma impediscono la dispersione dei raggi infrarossi che restano pertanto intrappolati nell'atmosfera. A causa dell'emissione di grandi quantità di gas serra nell'atmosfera ad opera dell'uomo, questo fenomeno si amplifica e porta a un cambiamento globale del clima.

Fotosintesi

Processo che permette alle piante di crescere e sviluppare le foglie, il fusto, le radici e il tronco, a partire dall'anidride carbonica per mezzo della luce del Sole, dell'acqua e dei minerali contenuti nel suolo. Durante la fotosintesi, le piante assorbono CO_2 e rilasciano ossigeno.

Gas

Sostanza né solida né liquida. I gas non hanno forma propria e riempiono tutto il volume disponibile per contenerli.

Ossigeno (O_2)

Gas naturalmente presente nell'aria e indispensabile alla respirazione e quindi alla vita di piante, animali e uomini. Durante la respirazione, inspiriamo ossigeno ed emettiamo anidride carbonica.

Ozono (O_3)

Gas presente sia negli strati più alti dell'atmosfera (lo strato di ozono protegge la Terra dai raggi ultravioletti provenienti dal Sole) sia a livello della crosta terrestre (l'inquinamento causato dalle automobili è la principale causa di aumento della quantità di ozono). Questo gas si forma a partire dall'ossigeno.

Plancton

Insieme di piccoli organismi presenti sia in acqua dolce sia in acqua salata. È possibile distinguere tra fitoplancton (alghe che partecipano alla fotosintesi) e zooplancton (animali erbivori o carnivori).

Raggi ultravioletti (UV)

Raggi provenienti dal Sole, invisibili all'occhio umano, che sono responsabili dell'abbronzatura e dei colpi di calore. Una parte di questi raggi viene respinta dall'ozono che si trova negli strati più esterni dell'atmosfera. I raggi ultravioletti possono essere pericolosi: per questo è necessario proteggersi con occhiali da sole, cappelli e creme solari.

BIBLIOGRAFIA

Internet

http://www.portalarcobaleno.com/bambini/home/homebimbi.htm

Questo sito illustra diversi esercizi, utili e divertenti, da fare con i bambini per approfondire le tematiche ambientali.

http://www.legambientescuolaformazione.it/documenti/intro/ragazzi.php

Il sito di Legambiente contiene un'intera sezione dedicata ai bambini e ai ragazzi con tante iniziative mirate a stimolare il loro interesse verso le tematiche ambientali anche al di fuori del contesto scolastico.

http://www.wwf.it/client/render.aspx?root=3646&cat=1

***Pandatribe* è la sezione del WWF dedicata ai ragazzi.**

http://www.ascuoladirisparmio.it/pages/a_scuola/risparmiare.html

Notizie, informazioni e curiosità oltre a tanti giochi di gruppo da stampare, e giochi online, per imparare a risparmiare divertendosi!

http://racconta.repubblica.it/wwf-calcolatore-co2/main.php

http://89.97.205.100/AzzeroCO2/calcolatore.jsp#

Per calcolare i consumi di CO_2

La mia biblioteca

In questa collana, per saperne di più sull'atmosfera, puoi leggere anche:

- Mario Paci, *L'ecologia siamo noi*, illustrato da Andrea Mineo e Lavinia Casaletto
- Valérie Masson-Delmotte, Gérard Jugie, *Le spedizioni polari*, illustrato da Yann Fastier
- Vazken Andréassian, Julien Lerat, *L'acqua... dal fiume al bicchiere*, illustrato da Claude Delafosse

L'angolo dei grandi

Qualche suggerimento per approfondire l'argomento in classe o a casa

L'energia

Fabbisogno, consumo e risparmio energetico

Preparare un «bilancio delle emissioni»

Quando si affronta l'argomento dell'effetto serra, è possibile condurre con i ragazzi un progetto di ricerca per scoprire quali emissioni di anidride carbonica comportino i nostri gesti quotidiani. Si tratta quindi di preparare un «bilancio di emissioni». I risultati del progetto possono poi essere presentati alle famiglie, alle altre classi, alle comunità locali in occasione di qualche mostra di lavori scolastici, per esempio a scuola oppure in municipio o in una mediateca.
Per calcolare le emissioni di gas serra potete usare la tabella riportata di seguito che illustra le quantità di gas serra prodotte da varie attività che fanno parte della vita quotidiana.

Progetti e attività

I progetti svolti in classe possono poi partecipare a vari concorsi a tema organizzati da diversi enti e istituzioni.

Vita quotidiana	Emissioni di gas serra per attività
Automobili	**Grammi di CO_2 per km percorso**
Utilitaria (a bassi consumi)	100 g
Berlina (a bassi consumi)	140 g
Monovolume	180 g
SUV	250 g
Mezzi di trasporto	**Grammi di CO_2 per km percorso**
Camminata, bicicletta	0 g
Tram	20 g
Autobus	80 g
Automobile (ciclo urbano, una persona)	300 g
Automobile (ciclo urbano, tre persone)	100 g
Moto	100 g
Treno (media)	20 g
Camion	30 g
Aereo (media)	160 g
Automobile (ciclo extra-urbano, una persona)	160 g
Automobile (ciclo extra-urbano, tre persone)	55 g
Elettricità	**Grammi di CO_2 per KWh**
Energia idroelettrica, eolica, solare, nucleare	5 g
Legname (da foreste a gestione sostenibile)	10 g
Gas	400 g
Carbone	1000 g
Media Italia	40 g
Media europea	440 g
Trasporto merci	**Grammi di CO_2 per km e per tonnellata**
Nave (media)	30 g
Treno (media)	30 g
Trasporto combinato gomma-rotaia	40 g
Mezzi pesanti (20 tonnellate)	200 g
Furgone (3 tonnellate)	1000 g
Aereo	1400 g
Alimentazione	**Grammi di CO_2 per kg di alimento***
Pane	200 g
Frutta e verdura a km 0	150 g
Latte di mucca	150 g
Yogurt	250 g
Uova	450 g
Pollo di allevamento	850 g
Pesce	500 g
Maiale	900 g
Manzo	8500 g
Riscaldamento domestico	**Tonnellate di CO_2 per anno**
Gasolio (3000 litri)	9 t
Metano (30 000 kWh)	7 t
Elettricità (in Italia)	2 t
Legname (da foreste a gestione sostenibile)	0 t (solo costo del trasporto)

* CO_2 equivalente.

INDICE ANALITICO

INDICE

Piccola biblioteca di Scienza

Centre de Vulgarisation
de la connaissance
Perché?
illustrato da Florence Roy
pagine 96, € 10,00

Étienne Klein
Gli atomi dell'universo
illustrato da Sophie Jansem
pagine 64, € 7,50

Jean-Philippe Uzan
La gravità o perché tutto cade
illustrato da Barbara Martinez
pagine 72, € 7,50

Alain Schuhl
cosa c'è dentro il computer?
illustrato da Stud
pagine 72, € 7,50

Roland Lehoucq
La luce... vista da vicino
illustrato da Stud
pagine 72, € 7,50

Roland Lehoucq
Il Sole, la nostra stella
illustrato da Magali Bonniol
pagine 64, € 7,50

Clara Frontali
L'avventura della vita
illustrato da A. Mineo e
L. Casaletto / pagine 112, € 10,00

Laurent Degos
Gli organi del mio corpo
illustrato da Sophie Jansem
pagine 72, € 7,50

Étienne Klein
Il tempo passa...
illustrato da Sophie Jansem
pagine 64, € 7,50

Valérie Masson-Delmotte
Gérard Jugie
Le spedizioni polari
illustrato da Yann Fastier
pagine 72, € 7,50

Benoît Rittaud
Viaggio nel paese dei numeri
illustrato da Hélène Maurel
pagine 64, € 7,50

Christophe Joussot-Dubien
Catherine Rabbe
Tutto è chimica!
illustrato da Yann Fastier
pagine 72, € 7,50

Vazken Andréassian
Julien Lerat
L'acqua... dal fiume al bicchiere
illustrato da Claude Delafosse
pagine 72, € 7,50

Sophie Schwartz
La fabbrica dei sogni
illustrato da Cécile Gambini
pagine 64, € 7,50

Marco Paci
L'ecologia siamo noi
illustrato da A. Mineo e
L. Casaletto / pagine 112, € 10,00

Clara Frontali
Colori, suoni, sapori... un mondo di sensazioni
illustrato da A. Mineo e
L. Casaletto / pagine 96, € 10,00

Laurent Degos
Il sangue del mio corpo
illustrato da Sophie Jansem
pagine 64, € 7,50

Jean-Philippe Uzan
Qui universo!
illustrato da Pascal Lemaître
pagine 72, € 7,50

Cristiana De Santis
Fatti di lingua
illustrato da Elena Veronelli
pagine 96, € 10,00

Benoît Rittaud
I misteri del caso
illustrato da Hélène Maurel
pagine 72, € 7,50

Éric Ezan
Come funzionano le medicine?
illustrato da Hélène Maurel
pagine 64, € 7,50

Laurent Degos
Il mio corpo: centomila miliardi di cellule
illustrato da Sophie Jansem
pagine 64, € 7,50

Volume di pagine 64
illustrato a colori
carta Bianco offset, gr. 120

Finito di stampare
nell'ottobre 2010
dalla Dedalo litostampa srl, Bari